7924

à M. Van-Praet.

DISCOURS D'OUVERTURE

ET

PROGRAMME

DU

COURS DE LITTÉRATURE GRECQUE

Professé à la Faculté des Lettres de l'Académie de Grenoble,

PAR J. J. CHAMPOLLION-FIGEAC,

Secrétaire de la même Faculté et de la Société des Sciences et des Arts de Grenoble, Conservateur-Adjoint de la Bibliothèque de la Ville, Correspondant de l'Académie de Dijon, etc.

A GRENOBLE,

Chez J. H. PEYRONARD, Imprimeur de la Faculté des Lettres.

MAI 1810.

DISCOURS

Sur la nécessité et les avantages de l'étude de la Littérature grecque, prononcé le 29 mai 1810.

Messieurs,

Deux nations anciennes se distinguent éminemment par la supériorité qu'offrent les productions de leur littérature et de leurs arts; elles remplissent le monde policé de leur nom et de leur histoire. Le souvenir des Grecs et des Romains est attaché aux premières pages des Annales de l'Europe; l'Orient dégénéré leur ouvrit ses portes, les enrichit de ses dépouilles; la terre entière fut un moment leur domaine, et sembla suffire à peine à leur ambition. Il en résulta, pour l'une et pour l'autre, cette masse de gloire qui peut défier les siècles, et qui fera toujours chercher les grands exemples dans la Grèce et le Latium.

Le desir des conquêtes, les dissentions civiles, des guerres intestines, des victoires et des triomphes, les Grecs et les Romains se sont également signalés sous tous ces rapports. Mais toute similitude cesse d'exister entre ces deux peuples, si l'on étudie leur génie particulier ; et si on les considère dans les productions de leurs sciences et de leurs arts , une distance immense les sépare : la Grèce se montre alors avec toute sa supériorité , et Rome reconnaît un maître dans celle même qu'elle a soumise par ses armes. Un grand poète a dit : *Græcia capta ferum victorem cepit et artes intulit agresti Latio* : la Grèce accueillit son farouche vainqueur , et donna les arts au Latium encore barbare.

Cet aveu que fait Horace, prouve tout ce que Rome triomphante dut à la Grèce soumise , c'est-à-dire le bienfait de la civilisation perfectionnée par l'étude des Sciences, des Lettres et des Arts : la Grèce ouvrit ses trésors aux Romains étonnés , et on leur doit cette justice de dire qu'ils apprécièrent cette libéralité. Dès ce moment l'étude des chefs-d'œuvre grecs fut la passion dominante des Romains ; la Grèce littéraire sembla transportée toute entière sur les sept Collines , et le plus sévère des Romains, Caton l'ancien, témoigna publiquement la crainte que les jeunes gens ne préférassent bientôt à la gloire des armes celle des Lettres , au plaisir de bien faire celui de bien dire. Rome connut dès-lors un nouveau genre de gloire , sentit son infériorité , et cessa de louer les productions de Ennius et de Plaute , lorsque Térence lui eut fait connaître la grace et la délicatesse de la comédie grecque par ses imitations de Ménandre. Dès-lors aussi les études prirent une autre direction; la langue latine s'enrichit, le goût s'épura ; Lœlius et Scipion ne furent plus que des écrivains médiocres ; les mœurs se polirent comme le langage ; la gloire des Romains brilla d'un nouvel éclat ; la palme des Lettres s'unit au laurier de la victoire : ils préparèrent par leur alliance l'immortel siècle d'Auguste.

Telle fut l'influence de la littérature grecque sur l'état de Rome. Faut-il donc s'étonner de l'espèce de culte que tous les siècles lui ont voué ? Faut-il encore justifier, contre quelques opinions particulières , mais imposantes , la prééminence que tous les peuples lui ont accordée ? Et n'est-ce pas assez de l'assentiment des anciens et des modernes, des monumens que le tems a conservés , de ceux qui sont offerts chaque jour à notre admiration, pour reconnaître à combien de titres cette prééminence est acquise à la Grèce?

Là seulement sont des chefs-d'œuvre et des modèles. Tout y porte l'empreinte de l'esprit gracieux, de l'imagination brillante et de la délicatesse aimable du peuple de la terre le plus poli, qui résista par la seule force de son génie à des monarques toutpuissans , et donna au monde Homère , Homère et Anacréon , Homère et Platon , Homère et Hérodote; Sophocle, Euripide, Aristophane; Démosthènes, Eschine; Aristote, Isocrate; Solon, Pythagore, Socrate; Thémistocle , Alcibiade , Périclès , Appelle , Phidias , et la plus belle, la plus harmonieuse, la plus riche de toutes les langues.

Ce sera toujours un sujet digne des méditations de la philosophie, que de voir la nation qui occupa le moins d'espace sur le globe, le remplir à jamais de son nom, donner ses Arts au monde civilisé, et exercer sur ses langues une influence telle qu'on ne pouvait remarquer aucune de leurs beautés, qui ne pût être revendiquée par la langue grecque elle-même.

Tant d'avantages ne pouvaient pas être le résultat du hasard, et il faut en reconnaître pour une des causes premières le climat bienfaisant de la Grèce, et ce beau ciel qui, par sa douce influence, donnait aux productions du sol leur plus grand développement, et aux hommes une organisation parfaite, pour que tout portât l'empreinte de la nature déployant toutes ses richesses et se montrant dans son plus bel éclat.

C'est à cette organisation exquise qu'est dû le perfectionnement de la langue grecque, de cette langue qui, sublime dans les chants de Pindare, tendre sur la lyre d'Anacréon, mélancolique sur les lèvres de Sapho, sévère dans les écrits de Platon, se prêta sans efforts à toutes les formes que lui imposa le génie créateur d'Homère. Par-tout elle se montre dans toute sa perfection, et seule parmi toutes les autres, elle ne souffrait pas la plus légère infraction à ses règles qu'avait dictées le goût le plus épuré : malheur à l'orateur qui, dans la place publique, commettait la plus légère faute de prononciation ; les cris du peuple l'interrompaient aussitôt, à peine pouvait-il trouver grace devant lui. Un étranger déguisait envain sous des efforts toujours malheureux les habitudes qu'un autre pays avait données à son langage ; une phrase, une expression, un mot, le son de sa voix le trahissaient ; une herbière même le reconnaissait. Rien enfin ne pouvait tromper ces oreilles attiques, appelées par Cicéron : *Aures teretes et religiosæ*. Les divers dialectes de la langue grecque participaient aussi de ses perfections : chacun d'eux avait ses beautés particulières ; chacun d'eux se trouve exclusivement employé par des auteurs qui sont parvenus jusqu'à nous, et par-tout c'est cette même richesse de tours et d'expressions, par-tout c'est la même harmonie, par-tout enfin des beautés inimitables et inimitées. Quel est en effet le peuple qui parla comme les Athéniens ? Quel est l'idiome qui peut être comparé au dialecte attique ? Quel est celui qui peut lutter avantageusement avec lui en richesse, en grace, en finesse, en délicatesse et en douceur, et qui fut également propre à la subtilité de la métaphysique et à la spirituelle raillerie de la comédie?

C'est sur ce modèle que se forma à Rome ce qu'on appelait l'urbanité romaine, c'est-à-dire ce genre de discours où tout est naturel, où tout plaît, où les grandes et les petites choses sont dites avec une grace égale ; où règne un certain ordre qui ne laisse rien de rude ni à la pensée, ni à l'expression ; où tout est

soumis au goût le plus délicat; enfin, où tout est bien
dit, car c'est la définition qu'en donne Cicéron ; *Ut
bene dicere, id est atticè dicere.*

La langue latine a sans doute des beautés qui lui
sont propres, et des beautés que tous les idiomes modernes ne sont pas appelés par leur nature à s'approprier.
La langue latine a aussi ses chefs-d'œuvre, et conserve
une supériorité marquée sur ces mêmes idiomes ; elle
a aussi, Virgile, Horace, Ovide, Térence, César, Tite-
Live, Tacite, Cicéron et Quintilien. Mais lorsqu'on
se rappellera que cette même langue latine n'a été
polie et perfectionnée que quand les Romains purent
apprécier les chefs-d'œuvre littéraires de la Grèce ;
lorsqu'on remarquera que ce que nous admirons le
plus dans les écrits de Cicéron, n'est admirable que
parce que cet orateur a soumis sa langue aux règles
du plus pur atticisme ; lorsqu'on verra que Virgile
lui-même n'a de beautés dans son Énéide que celles
qu'il a empruntées d'Homère ; que ses bergers n'ont de
naïveté et de naturel que ce que leur en avait donné
Théocrite, et qu'avant Virgile, Héziode avait fait des
travaux de la campagne le sujet de son Poème des
Travaux et des Jours, on sera en droit de se demander
sous quel rapport la langue latine peut-être comparée
avec la langue grecque, sous quel rapport les écrivains latins sont des écrivains originaux, quelles sont
les qualités essentielles de la langue latine qui ne
sont pas imitées de la langue grecque.

Cicéron

Cicéron seul a contesté à celle - ci une partie de ces avantages. Ce Romain, idolâtre de sa langue jusqu'à la jalousie (et ses écrits lui en donnaient bien le droit), la place quelquefois au - dessus de la langue grecque ; et bien persuadé de la bonté de son opinion , il va jusqu'à insulter à la prétendue pauvreté de cette langue , et il s'écrie : *O verborum inops interdùm , quibus abundare te semper putas, Græcia !* Mais Quintilien, dont l'opinion est également respectable , n'approuve pas celle de Cicéron , et il reste bien convaincu que la langue latine ne s'appropriera jamais le génie , n'imitera jamais la cadence harmonieuse , la fécondité , la variété , l'abondance et la richesse de la langue grecque. Cet hommage d'un des meilleurs esprits de Rome, est confirmé par Cicéron lui-même qui , malgré sa prévention , est forcé d'avouer que souvent il ne peut rendre un mot grec que par une périphrase latine.

Cette comparaison des deux langues peut vous donner, Messieurs , une première idée de la langue des Grecs ; sa supériorité bien marquée sur celle des Romains , vous laisse entrevoir les grands avantages qu'on peut retirer de son étude. Jusqu'ici les meilleurs écrivains de Rome ont été le sujet de vos méditations ; les beautés poétiques de Virgile, l'élocution admirable de Cicéron, la concision de Tacite, la grace piquante d'Horace , la rigoureuse précision de César, tels sont les grands modèles qui ont dû former votre goût , et qui ont été offerts à votre imitation. Mais ces mêmes

2

modèles sont nés dans une école qui ne fut pas pour
eux une école nationale ; cette même école a été
ouverte à toutes les nations, parce que les Lettres qui
vivifient l'esprit, semblables à l'astre radieux qui vivifie
la nature, répandent également leur influence sur tous
les tems et sur tous les lieux. C'est à cette même
école que se sont formés Corneille, Racine, Crébillon,
J.-B. Rousseau, Lebrun, Mably, Molière, Wieland,
Klopstock, Pope, Milton, le Tasse, l'Arioste, le Dante,
Alfieri, et tant d'autres; la Grèce les enfanta tous.

Les portes de cette école s'ouvrent aujourd'hui
pour vous. Une nouvelle organisation de l'instruction
publique vous appelle à puiser dans les sources
les plus pures, des connaissances dont un système
incomplet vous avait privés jusqu'ici. Ce tems est
enfin arrivé ; les plus belles productions littéraires de
l'Antiquité ne seront pas entièrement perdues pour
nous ; la nouvelle Université, comme celle qui illustra
le règne de Charlemagne, accueille les Lettres grecques, veut les faire prospérer, et réchauffe dans son
sein les germes précieux que le tems a respectés. Depuis
long-tems négligés en France et abandonnés pour
ainsi dire au hasard, ils étaient pour nous des richesses
inconnues, et faisaient prévoir la décadence de notre
littérature. L'éloquent Orateur d'une compagnie savante
a osé porter jusqu'aux pieds du trône de NAPOLÉON
ce cri de détresse : « La Philologie, a-t-il dit, qui
est la base de toute bonne littérature et sur laquelle

reposent la certitude de l'histoire et la connaissance du passé, ne trouve presque plus personne (en France) pour la cultiver. Les savans dont les travaux fertilisent encore son domaine, restes d'une génération qui va disparaître, ne voient croître autour d'eux qu'un trop petit nombre d'hommes qui puissent les remplacer ; cette lumière publique diminue sensiblement de clarté, et son foyer se retrécit tous les jours de plus en plus. » Ce cri a été entendu, et il ne l'a pas été en vain. La Littérature grecque sera désormais la base de l'enseignement public, et on bannira de nos écoles cet adage devenu trop long-tems nécessaire : *Græcum est, non legitur.*

Ainsi le 19.ᵉ siècle sera celui de la restauration des études en France. Il faut le dire, nos voisins ont habilement profité de notre longue léthargie, et l'Allemagne a acquis sous ce rapport une telle supériorité sur nous, que de long-tems encore nous ne pourrons peut-être l'égaler. Avec cette conviction que, sans la connaissance de la langue grecque, on ne peut point faire de vrais et solides progrès dans les Lettres et dans les Sciences, l'étude de cette langue a été mise en vigueur dans les gymnases les moins nombreux et les moins connus, parce que l'Allemagne a su se préparer des ressources immenses dans ce genre, qu'elles ont été en rapport avec ses besoins, et qu'elle a beaucoup d'élèves parce qu'elle s'est créé beaucoup de professeurs. Nulle part on ne remarque une semblable

émulation ; une si grande rivalité, qui concourent en
commun au progrès général des Lettres ; aucun savant
n'y est isolé, et ne jette dans le vide de l'espace ses
pénibles travaux, fruits de son assiduité, de sa persévérance et de son exactitude. Libre de toute influence
littéraire, dégagé de tout esprit de corps, parce
qu'aucune société savante ne règle despotiquement le
sort d'un ouvrage et ne fixe à son gré la place qu'il
doit occuper, l'auteur n'a d'autre juge qu'un public
généralement éclairé sur les matières d'histoire et de
littérature. Aussi l'esprit classique de la Grèce semble
revivre au milieu d'eux ; il y est fêté avec une sorte
d'enthousiasme : les éditions et les recherches critiques
s'y multiplient ; la philologie y fait des progrès consi-
dérables, et le nombre des bons livres élémentaires
s'accroît tous les jours. Tandis qu'en France on cherche
quelques hellénistes qu'on puisse citer, l'Allemagne se
montre avec un grand nombre, et telle est leur abondance, que le besoin de se former en secte en a été le
résultat nécessaire ; telle est la cause qui a créé l'école
de Heyne et l'école de Wolf (1).

Que le tems qui verra exister en France ce même
zèle, cette même constance, cette émulation, cette
rivalité, cette persévérance, cet enthousiasme, cette
richesse philologique, ces progrès, ces ressources,
disons même ces sectes, que ce tems est encore loin
de nous ! La France a eu aussi son beau siècle ;
elle cite les Étiennes, Budée, Casaubon, Scaliger,

Saumaise ; Fréret, Barthélemy, Villoison. Mais on
chercherait bientôt vainement les héritiers de leur
érudition., si les études de l'Université impériale ne
pouvaient les leur promettre.

C'est par le bienfait de cette institution que vous
pourrez, Messieurs, vous rendre familières les beautés
particulières aux écrivains de la Grèce. Et ne croyez
pas qu'une traduction, quelqu'exacte qu'elle soit, puisse
vous offrir le même avantage que les originaux, et vous
dispenser de recourir aux textes des auteurs : depuis
long-tems les traductions sont jugées ; et semblables,
pour la plupart, à ces copies informes qui font des
sublimes tableaux de Raphaël et de Michel Ange des
productions sans ame, sans couleur et sans vie, les
traductions n'offrent pour ainsi dire que le squelette
de l'ouvrage original, des ouvrages des Grecs sur-tout,
qui ont porté au dernier degré de perfection l'art de
revêtir ces corps des formes les plus agréables, les
plus gracieuses, et de cette vénusté propre à tous
leurs écrits, et qui leur donne cette fraîcheur, cette
physionomie régulière qui en font le modèle des
siècles. Il est d'ailleurs dans la Littérature grecque des
beautés qu'on peut sentir, mais qu'il est difficile ;
impossible même de faire passer dans un autre idiôme :
mais ces beautés ne doivent pas rester ignorées ; de
tems en tems des hommes supérieurs réussissent à
les approprier à leur langue, et cette espèce de
conquête fait honneur au vainqueur. Homère, dans

ses immortels ouvrages, est en même tems poëte, historien, grammairien, philosophe, rhéteur, géographe, naturaliste ; toutes les connaissances de la Grèce s'y classent sous les formes poétiques, et sous des formes multipliées et variées à l'infini : cependant la langue grecque a suffi au génie d'Homère ; c'est la plus grande preuve de sa richesse, de son abondance et de cette fécondité qui crée les mots pour les besoins de l'esprit. Tant qu'une autre langue ne se présentera pas avec les mêmes avantages, on peut dire qu'Homère ne sera pas traduit ; on ne peut donc l'étudier et le connaître que dans sa propre langue : et cependant Homère est là pour l'instruction des siècles, et comme pour servir à jamais de type au goût le plus épuré, et de parallèle à toutes les productions du génie.

Rappelons-nous, Messieurs, cet hommage honorable que rendit à la langue grecque l'orateur romain, l'éloquent défenseur de Marcellus. Des succès multipliés, obtenus au barreau, l'avaient fait remarquer ; la grande réputation qu'ils lui avaient acquise eût pu satisfaire tout autre que Cicéron. Lui seul sentit son infériorité, et oubliant ces succès et cette réputation, il courut à Athènes s'asseoir de nouveau sur les bancs, et devint l'auditeur le plus assidu de ces mêmes rhéteurs et de ces mêmes philosophes qu'il avait entendus dans sa jeunesse. La Grèce était alors l'école d'où Rome recevait les germes des écrits excellens que nous aimons encore à étudier. Elle n'en oublia jamais

la source, et l'un de ses meilleurs critiques, le judi-
cieux précepteur des Pison, leur disait :

Vos exemplaria græca
Nocturnâ versate manu, versate diurnâ.

Et vous aussi, Messieurs, vous suivrez ce conseil,
vous étudierez nuit et jour ces belles productions ;
vous y chercherez les bases de toute instruction solide;
vous y perfectionnerez celle que vous avez acquise ;
vous vous familiariserez avec les ouvrages d'Homère
et de Platon ; vous répandrez ensuite avec profusion
dans les divers états auxquels vous êtes appelés , les
richesses que vous y aurez acquises : votre langue s'y
perfectionnera ; votre esprit s'y nourrira des plus
grands souvenirs , votre cœur y trouvera de grands
exemples , et votre ame des émotions délicieuses.

Mais ces jouissances et ces avantages ne peuvent
être que le fruit d'un travail assidu, d'un zèle constant,
d'une étude sans interruption. Ce n'est pas que la
langue grecque offre plus de difficultés qu'une autre
langue ; elle a au contraire des avantages qui lui sont
particuliers, et qui conduisent sans efforts à sa connaissance. Nos ressources sont immenses : les auteurs sont
nombreux , les livres élémentaires sous la main de
vous tous; quelques avis préliminaires vous en facili-
teront l'usage. Il ne faut donc que du travail et du
zèle.

Messieurs, nous allons entreprendre un voyage bien

intéressant, parcourir la Grèce et étudier ses chefs-
d'œuvre. Nous trouverons à Athènes Sophocle, Solon,
Socrate, Platon et Démosthènes ; à Lacédémone,
Lycurgue ; à Thèbes, Pindare ; Anacréon à Théos ;
Sapho à Mithylène ; à Syracuse, Moscus et Théocrite ;
Hérodote à Halicarnasse ; Aristote à Stagyre, Homère
par-tout. Que de puissans motifs doivent nous soutenir
dans cette entreprise ! Marchant moi-même à votre
tête, et pour ainsi dire chargé d'assurer vos pas et
d'écarter les obstacles, je serai votre guide fidèle ; je
n'ambitionne point d'autre titre.

(1) *Note de la page 12.* Voyez l'excellent écrit que vient de
publier *M. de Villers,* sur l'état actuel de l'étude de l'Histoire et
de la Littérature ancienne en Allemagne ; écrit qui nous a fourni
les principaux traits de ce paragraphe.

PROGRAMME DU COURS

DE

LITTÉRATURE GRECQUE.

CE Cours est divisé en deux parties, qui sont elles-mêmes subdivisées en plusieurs sections ou paragraphes.

La première partie, la seule dont on puisse s'occuper d'abord, se compose des *Prolégomènes ;* ils renferment des notions préliminaires dont la connaissance est indispensable pour se livrer avec fruit à l'étude de la Littérature grecque. Ces prolégomènes fourniront le sujet des leçons qui auront lieu pendant les mois de juin et juillet. Ils contiennent onze paragraphes, dont on donne ici le sommaire.

Ce cours sera fait en français.

PROLÉGOMÈNES.

Discours d'ouverture, sur la nécessité et les avantages de l'étude de la Littérature grecque.

§. Ier.

DE LA LANGUE GRECQUE CONSIDÉRÉE DANS SES ÉLÉMENS.

DE l'Alphabet grec, de son origine, de la forme de ses signes et de l'accroissement successif de leur nombre. — Alphabet national des Grecs avant l'arrivée de Cadmus en Béotie ; addition de quelques signes faite à cet alphabet national par Cadmus ; dernier accroissement au V.e siècle avant l'ère vulgaire. — L'alphabet grec fut l'alphabet commun à toute

3

l'Europe ; il n'est pas dû aux Phéniciens ; ses rapports prétendus avec celui de ce peuple, arabe d'origine, ne peuvent être démontrés. (Preuves, Hérodote, Diodore de Sicile, Aristote, Euripide, Callias, Athénée; inscriptions grecques d'Amyclée, de Sigée, de Délos, marbres de Nointel et de Choiseul.)

§. I I.

DE L'USAGE DE L'ÉCRITURE CHEZ LES GRECS.

IL est antérieur au XV.ᵉ siècle avant l'ère vulgaire. — Explication d'un passage du 6.ᵉ livre de l'Iliade (vers 166 à 180). — Inscription du temple d'Apollon Amycléen en Laconie, copiée par l'abbé Fourmont en 1730, et qui remonte jusqu'au roi Lacédémon qui régna à Sparte plus de 230 ans avant la guerre de Troye. — Oracles du temple de Delphes, écrits sur des tablettes de bois ou de métal suspendues autour du sanctuaire. — Lois de Minos gravées sur des tables d'airain. — (Preuves, les monumens et les auteurs.)

§. I I I.

ARCHAEOLOGIE DE LA LITTÉRATURE GRECQUE.

ÉTAT de l'Alphabet grec à diverses époques. — On ne peut pas prouver qu'il ressemblait à l'alphabet phénicien, puisqu'il n'existe pas de monumens phéniciens pour faire un rapprochement comparatif. — Quatre manières d'écrire furent successivement en usage en Grèce : la 1.ʳᵉ, en traçant les lignes de droite à gauche comme les Orientaux et les Étrusques : à quelle époque ? La 2.ᵐᵉ, en traçant alternativement les lignes de droite à gauche et de gauche à droite : quand a-t-elle commencé et quand a-t-elle fini ? La 3.ᵐᵉ, en écrivant verticalement un signe au-dessous d'un autre, écriture de circonstance. La 4.ᵐᵉ enfin, en traçant les lignes de gauche à droite : à quelle époque cette manière a été généralement adoptée. — Lettres majuscules en usage jusqu'au IX.ᵉ siècle de l'ère vulgaire où furent inventées les minuscules. (Preuves, *Inscriptions* de Sklabochori ou Amyclée, de Sigée, du bas-relief inédit de la collection de M. de Choiseul, des marbres de Nointel et de Choiseul, Décret des Sigéens contre Antiochus Soter, Chronique de Paros, Traité entre les Smyrnéens et les Magnésiens; *Médailles* de Phidon, roi d'Argos (douteuse), de la grande Grèce, de Sybaris, de Caulonia, de Pausidonia, de la Sicile, de Léontium, de Messine, de Syracuse; *Pierres gravées* antiques; *Vases peints* portant des inscriptions; *Manuscrits* du musée de Portici, Code du Vatican, Code Alexandrin du musée britannique à Londres, Code de Colbert à la Bibliothèque impériale à Paris, Dioscorides de Vienne et de Naples; *Auteurs*, Strabon, Pline, Barthélemy, etc.

§. I V.

MATÉRIEL DE LA LITTÉRATURE GRECQUE ANCIENNE.

ACTES publics gravés sur le marbre, l'airain, le plomb ou le bois. — Inscription en vers isopsèphes découverte dans les ruines de Pergame et publiée par M. de Choiseul, contenant des notions exactes sur le cône, la sphère, le cylindre, et sur les rapports de leur diamètre, de leur surface et de leur solidité. — Usage des feuilles d'arbre, de leur *liber*, du vélin, des tablettes enduites de cire, de l'ivoire, de la toile, du papyrus d'Égypte, du papier de coton; moyens employés pour la conservation de ces diverses matières. — Divers instrumens propres à tracer l'écriture; style, pinceau, roseau d'Égypte et de Gnide. — Liqueurs colorées en noir, en rouge, encre. — Forme des livres des Grecs; rouleaux de vélin, de papyrus, de toile écrite d'un seul côté; livres carrés écrits des deux côtés; diptyques. — Copistes, calligraphes, tachygraphes, chrysographes. — Utilité des diverses notions contenues dans ce chapitre.

§. V.

ÉTAT ACTUEL DE L'ALPHABET GREC ET DES SIGNES ACCESSOIRES.

VARIÉTÉS nombreuses dans la forme des signes. — Perfection remarquable des caractères grecs de M. Bodoni, imprimeur à Parme; son

Anacréon en majuscules. — Esprits ou signes d'aspiration. — Digamma Éolien. — Accens ; sont-ils utiles ? Opinion négative de Henninius, de Daniel Major, de C. Gottlob Hofman, du père Giraudau, etc., adoptée par M. Gail. Opinion affirmative des grammairiens de l'École d'Alexandrie, adoptée par Villoison ; utilité des accens pour éviter des équivoques de mots ; nomenclatures publiées par Cyrillus à la Haye, par Peucer à Dresde, et par M. Lécluse à Paris. — Ponctuation inventée en même tems que les accens par Aristhophane, grammairien de Byzance, dans le 2.ᵉ siècle avant l'ère vulgaire ; variations de ses signes, leur état actuel. — Apostrophe, son usage.

§. V I.

HISTOIRE ET CAUSES DU PERFECTIONNEMENT DE LA LANGUE GRECQUE.

OPINIONS diverses sur l'origine de la langue Grecque. — Mots égyptiens, hébreux, persans, phéniciens, scythes, syriaques, arabes, etc. — Dialectes. — Remarques sur les plus anciens Fragmens connus de la langue Grecque. — Son perfectionnement dû aux hommes de génie qui la formèrent et la cultivèrent. — Grammatistique et Grammatique. — Méthodes. — Bibliothèques des Grecs. — Symposies. — Jeux publics. — Lectures publiques. — Anagnostes ou Lecteurs. — Écoles publiques des Sophistes. — Voyages. — Perfectionnement et décadence de la langue Grecque.

§. V I I.

D I A L E C T E S.

NÉCESSITÉ de les bien connaître. — Leur nombre fixé à quatre par les anciens Grammairiens, à deux par M. Gail, à trois par Strabon, Eustathe, Meltaire et Reitzius. — Dialecte Attique ; provinces où il fut en usage, auteurs qui s'en sont servis, ses règles. — Dialecte Dorien ;

provinces où il fut en usage, auteurs qui s'en sont servis, ses règles. — Dialecte Ionien ; provinces où il fut en usage, auteurs qui s'en sont servis, ses règles. — Dialecte Poétique. — Dialecte Macédonien, livres et monumens où il est employé. — Mots et façons de parler particuliers à divers peuples de la Grèce.

§. V I I I.

USAGE DES DIALECTES PAR HOMÈRE.

DE l'usage de divers Dialectes par Homère, et de son dialecte Ionien. — Du Digamma Éolien ; de son usage par Homère, des mots de ce poète qui en offrent encore les vestiges, de son emploi au commencement et au milieu des mots, et de l'hiatus ; d'après M. le professeur *Heyne* de Goethingue, *tome VII de son édition de l'Iliade grecque et latine.*

§. I X.

ORTHOGRAPHE GRECQUE.

ORTHOGRAPHE Grecque comparée à diverses époques. — Exemple tiré du marbre de Nointel et d'une page de Thucidide, telle que l'historien doit l'avoir écrite et telle qu'elle l'est aujourd'hui, par suite des variations survenues depuis le V e siècle avant l'ère vulgaire jusqu'à nos jours. — Ces mêmes variations considérées comme la cause de l'altération des textes et la source des variantes et des scholies. — Exemple d'une erreur qui a la même cause, pris du vers 688 des *Phéniciennes* d'Euripide. — Comparaison critique de plusieurs Inscriptions grecques appartenant à des siècles différens.

§. X.

PRONONCIATION DU GREC.

LECTURE et prononciation du Grec. Analyse des divers systèmes de prononciation adoptés en France et en Allemagne — Système de Port-Royal et de l'ancienne Université de Paris. — Prononciation du Grec moderne. — Examen, sous ce rapport, de divers Monumens grecs contenant des mots latins. — Conclusion sur ce sujet.

§. X I.

HISTOIRE DE LA LITTÉRATURE GRECQUE.

AUTEURS grecs antérieurs à Homère. — Homère et ses contemporains. — Auteurs grecs postérieurs à Homère. — Auteurs dont il ne reste que des fragmens. — Auteurs dont on possède les ouvrages complets ou peu défectueux.

Si le tems le permet, on terminera ce Cours préliminaire par quelques explications; on indique ici :

Hérodote, livre second.
Homère, livre premier de l'Iliade.
Anacréon, odes 1, 3, 9 et 40.
Lucien, second dialogue, *Polyphème aveugle*, etc.

Les leçons ont lieu le Mardi et le Vendredi, à dix heures et demie du matin.